BIBLIOTHÈQUE
CHRÉTIENNE ET MORALE,

Approuvée

PAR MONSEIGNEUR L'ÉVÊQUE DE LIMOGES

—

3me SÉRIE.

Tout exemplaire qui ne sera pas revêtu
de notre griffe sera réputé contrefait et
poursuivi conformément aux lois.

ANTOINE-MARIE.

ANTOINE-MARIE

ou

LE BON ÉCOLIER.

LIMOGES.

BARBOU FRÈRES, IMPRIMEURS-LIBRAIRES.

1858

ANTOINE-MARIE

OU LE

BON ÉCOLIER.

Comme il n'y a rien de plus
puissant pour nous porter à entrer
dans la carrière de la vertu qui
conduit au ciel, quelque difficile
qu'elle nous paraisse, que l'exem-

ple éclatant de ceux qui sont du même âge et dans les mêmes emplois que nous, Dieu a choisi dans toutes les conditions des personnes extraordinaires, dont il nous propose la piété à imiter.

La divine Providence en use de la sorte, pour nous rendre inexcusables si nous n'avons pas le courage de faire ce que des gens, du moins aussi faibles que nous, ont pu mettre en pratique.

Antoine-Marie Ubaldin a été une de ces âmes d'élite que le ciel a voulu nous mettre devant les yeux. Il naquit l'an 1611, au mois de mars, d'une famille illustre, dans la ville d'Urbin. Dès son enfance il donna des marques de ce qu'il devait être un jour, en s'appliquant à tous les exercices de la piété chrétienne, en fuyant tous les amusements et les puérilités si ordinaires à cet âge, et en recherchant la compagnie des personnes sages qui pouvaient l'instruire et l'édifier.

Dès qu'il fut en état d'étudier, il apprit les premiers principes de la grammaire avec autant de facilité que de succès. On ne peut imaginer une plus grande soumission que celle qu'il avait pour les personnes chargées du soin de sa conduite; et le moindre signe de leur volonté lui fut toujours une espèce de commandement, y étant excité par la persuasion où il était que ses maîtres lui tenaient la place de Dieu pour l'instruire, et par l'exemple de Jésus-Christ, qui a pratiqué l'obéissance toute sa vie, pour nous faire aimer cette vertu, dont le mérite relève infiniment le prix des moindres actions.

De cette soumission pour ses maîtres venait sa grande application à l'étude, y employant exactement tout le temps prescrit, jusque-là même que, quoiqu'il trouvât beaucoup de goût à la prière, il n'eût pas voulu cependant y donner un quart-d'heure destiné à l'étude.

Il mettait une partie de sa dévotion à bien s'acquitter de tous ses devoirs d'écolier, étant convaincu que c'était là ce que Dieu demandait de lui, et le meilleur

moyen de se conserver dans l'inno-
cence.

Sa plus grande application ,
pendant tout le cours de sa vie ,
fut de se conserver dans l'inno-
cence , sans laquelle il est impos-
sible de plaire au Seigneur.

C'est pour cela que tous les soirs
il faisait une exacte recherche de
ses fautes. Il s'approchait fort souvent de la confession ; et n'ignorant
pas de quelle importance il est de
bien faire cette action, d'où dépen-
dent tant de grâces , il tâchait d'y
apporter toutes les dispositions né-

cessaires, avec autant de soin que si chaque confession eût été la dernière de sa vie.

Ayant atteint l'âge de douze ans, pressé d'un désir ardent de communier, il en parla à ses parents.

Son père, qui craignait qu'il ne fût pas encore capable d'approcher d'un mystère si redoutable, le fit examiner, et après avoir su qu'il était assez instruit, il le conduisit lui-même à la communion. Ce saint enfant la reçut avec une dévotion qui toucha les assistants jusqu'aux larmes, et depuis ce temps-là Ubaldin ne vit jamais l'hostie entre les mains du prêtre pendant le saint sacrifice, qu'avec des sentiments d'une dévotion très-sensible, qui en inspirait à tous ceux qui le voyaient.

Quelque jeune qu'il fût, il commençait déjà à châtier rudement son corps par des ceintures armées de pointes de fer et par de rudes disciplines. Il était ennemi de toutes les petites commodités que les enfants de qualité peuvent avoir chez eux, soit pour le lit, soit pour la chambre ou pour la table, recherchant même avec ardeur les occasions qu'il pouvait de se mortifier.

Voilà l'état où était Ubaldin, quand son père résolut de le mener à Rome pour y continuer ses études.

Il arriva pendant le voyage une chose qui fit bien voir le pouvoir que ce saint enfant avait auprès de Dieu.

Son père étant emporté par la violence d'un torrent débordé, était dans un danger évident de se perdre. Ubaldin, ne pouvant le secourir, s'adressa à la sainte Vierge pour implorer son assistance.

A peine eut-il fait sa prière, que celui pour qui il avait tout à craindre, se retira d'un pas si dangereux sans aucun mal.

A peine eut-il demeuré quelques jours dans Rome, que, loin d'y chercher à satisfaire sa curiosité, il pressa son père de le conduire au collége de la Compagnie de Jésus pour y être pensionnaire.

Cet empressement venait de ce qu'il espérait de pouvoir plus efficacement se sanctifier dans cette maison , où il verrait tant de bons exemples.

Comme le désir ardent de sa per-fection lui faisait chercher soigneu-sement tous les moyens de l'acqué-rir, son premier soin fut de s'infor-mer de toutes les règles des pension-naires, afin de les observer avec la dernière exactitude, étant persuadé qu'une vertu qui n'est pas conduite par l'esprit de régularité n'est qu'une illusion, outre qu'il savait bien que Dieu ne regarde pas tant ce que l'on fait que la manièredont on le fait, et que les meilleures choses perdent souvent tout leur mérite, quand elles sont faites dans un autre temps ou d'une autre façon que Dieu ne l'ordonne. Pour remédier à ce mal, il observait religieusement jusqu'aux moindres règlements du collége.

C'est dans la même vue que dès qu'Ubaldin fut entré au collége des pensionnaires, il s'informa qui étaient ceux dont la conduite et les mœurs étaient irréprochables, afin de faire connaissance avec eux, ne voulant point de liaison où il y avait quelque mal à craindre.

Cette sorte de précaution lui pa-

raissait de si grande importance,
qu'il tâchait toujours de la faire
prendre aux autres: ainsi quand il
était venu quelque nouveau pensionnaire, surtout s'il devait demeu-
rer dans la même chambre que lui,
il avait coutume de l'aller saluer
avec beaucoup de marques d'ami-
tié, il l'instruisait charitablement
des règles qui se gardaient dans le
collège; il passait avec lui ses récréa-
tions, et s'appliquait à lui rendre
toutes sortes de bons offices.

Ses entretiens ordinaires étaient
sur la vanité du monde, sur la faus-

seté des plaisirs profanes, sur l'in-
certitude de la dernière heure, sur
l'enfer, le paradis et l'éternité, en
quoi il mêlait tant d'agrément que
sa conversation n'avait rien d'en-
nuyeux.

Comme il avait une dévotion
particulière à la sainte Vierge, il
parlait encore souvent de ses gran-
deurs, tâchant d'engager les autres
à son culte particulier, en quoi il
réussissait parfaitement.

L'ascendant qu'il avait sur l'esprit de ses compagnons était si
grand, qu'il leur faisait faire tout

ce qu'il voulait, jusqu'aux choses dont la nature a le plus d'aversion, comme sont les austérités de la pénitence.

Mais si Ubaldin avait tant de zèle pour la perfection des autres, il en avait beaucoup plus pour la sienne, tâchant de s'unir à Dieu de la façon la plus intime.

Dans ce dessein, il donnait le plus de temps qu'il pouvait à la prière.

C'est pourquoi, outre l'Office de Notre-Dame et les sept Psaumes qu'il récitait tous les jours, il résolut de dire encore le chapelet.

Il ne s'appliquait jamais à l'étude,
ni à aucune autre action, sans avoir
auparavant imploré l'assistance du
ciel, se servant, pour cela, des paroles de la Sagesse:

*Da mihi sedium tuarum assistri-
cem sapientiam.*

Il ne sortait jamais de sa chambre, beaucoup moins du collége,
qu'il ne se fût recommandé à son
ange gardien et aux autres saints,
sous la protection desquels il s'é-
tait mis, en les priant de le préserver des occasions de tomber en
quelque offense.

Comme les fêtes et les dimanches sont consacrés à Dieu particulièrement, Ubaldin y donnait beaucoup plus de temps à la prière.

Il faisait ces jours-là une heure entière d'oraison, après quoi il se rendait à la Congrégation, pour s'y acquitter des devoirs ordinaires; et s'étant confessé, il s'appliquait à bien entendre la messe par rapport à la communion qu'il allait faire.

Quoiqu'il donnât beaucoup de temps à la prière et à la méditation, cependant il demanda au père principal la permission de se retirer quelques jours dans une chambre éloignée, afin d'y vaquer plus particulièrement à ce saint exercice, et faire une confession générale de toute sa vie.

Depuis ce temps-là, il veillait avec tant de soins sur tous les mouvements de son cœur, qu'il n'en suivait aucun qui ne fût conforme aux règles de l'Evangile.

Mais venons à ses autres vertus, entre lesquelles sa dévotion pour la sainte Vierge était si singulière; c'est ce qui lui fit demander avec empressement d'être reçu à la congrégation, afin, disait-il, de se consacrer plus particulièrement au service de la reine du ciel; et de s'animer à la mieux servir par l'exemple de tant de fervents congréganistes.

Il s'adressait à elle dans tous ses besoins avec une pleine confiance; il la regardait comme un modèle de sainteté, sur lequel il tâchait de régler ses mœurs ; et il était convaincu que c'est en cela que consiste la véritable dévotion envers la mère de Dieu.

Il ajoutait à tant de piété un

zèle singulier pour le salut des
âmes.

Comme il n'était pas encore en
âge de travailler à la conversion
des infidèles, il y contribuait autant qu'il pouvait, par ses prières,
en demandant tous les jours à Dieu
avec ferveur de bénir les travaux
de ceux qu s'occupaient à retirer
ces aveugles des ténèbres de l'ido-
lâtrie; il offrait pour cela des jeû-
nes, des disciplines et des aumônes.

Enfin, déjà plein d'ardeur pour
la vie apostolique, il conçut le

dessein d'entrer dans la compagnie de Jésus , avec espérance de pouvoir un jour répandre son sang en travaillant à la conversion des barbares, comme ont fait tant de martyrs de cette société.

Il prenait un plaisir extrême à lire et à entendre raconter les conversions qui se faisaient dans le nouveau monde.

Ce même zèle lui fit avoir une dévotion toute particulière pour saint François-Xavier , qu'il priait instamment de lui obtenir la grâce

de pouvoir un jour marcher sur ses traces.

Lorsqu'Ubaldin ne pensait ainsi qu'à procurer la gloire de Dieu, soit par lui-même, soit par les autres, Dieu voulut le retirer de ce monde pour lui donner la récompense que méritaient tant de vertus.

Il commença à se trouver mal sur la fin du mois de juin 1629.

Sa maladie ne parut pas d'abord si dangereuse qu'elle l'était : il vit bien cependant qu'il n'en relèverait pas, et il eut dès-lors

quelques pressentiments de sa mort.

Le père principal ayant connu l'état du malade, le fit transporter à l'infirmerie, afin qu'il pût être plus commodément.

Aussitôt il demanda son confesseur, à qui il découvrit sincèrement le désir qu'il avait de mourir.

— Ah ! mon père, lui dit-il, me voilà près d'achever le peu qui me reste de vie. Mourons ici, afin de vivre ailleurs.

Le père lui ayant dit qu'il ferait

encore mieux de remettre tout entre les mains de la Providence.

—Je le veux, répondit Ulbadin, je me soumets entièrement aux ordres de Dieu.

Il tâcha ensuite de se préparer à la mort du mieux qu'il lui fut possible, par une confession générale, par plusieurs actes de foi, d'espérance, de charité et de contrition, mais surtout de conformité aux volontés de Dieu.

Comme il avait résolu de pratiquer toujours une exacte obéissance, il le fit surtout pendant sa maladie.

C'est pourquoi , quelqu'aversion qu'il eût pour les remèdes qu'on lui donnait, loin de faire paraître la moindre répugnance à les prendre, il goûtait lentement les médecines les plus amères , songeant au fiel et au vinaigre que l'on donnait au Sauveur sur la croix.

Quand on sut dans Rome le danger où était Ubaldin, plusieurs personnes de la première qualité le vinrent visiter ; le cardinal François Barberin lui envoya le comte Carpegna pour lui faire offre de tout ce qui était dans son palais.

Plusieurs religieux lui rendirent visite ; et comme ils lui promettaient de prier Dieu pour le recouvrement de sa santé :

— Je vous aurais plus d'obligation, répondit-il, si vous vouliez bien demander à notre Seigneur qu'il accomplît sa sainte volonté en moi, soit pour la vie, soit pour la mort.

Cependant le mal augmentant de jour en jour, les médecins avouèrent qu'il n'y avait plus rien à espérer.

Le père principal, qui en fut

averti, le déclara au malade, l'ex-
hortant à regarder la mort comme
la fin de toutes les misères présen-
tes et le commencement d'un bonheur éternel.

Ubaldin apprit cette nouvelle
avec une joie inconcevable.

— Ah! mon père, s'écria-t-il en
parlant au père principal, que je
vous suis obligé de ce que vous
m'annoncez!

» J'accepte la mort de tout mon
cœur: si j'osais me plaindre d'elle,
ce serait de ce qu'elle est trop douce
à mon égard, au lieu de se présen-

2

ter à moi accompagnée des tour-
ments du Japon, comme j'avais
toujours souhaité, afin de mourir
entre les mains des bourreaux, pour
un Dieu qui est mort pour moi entre les bras d'une croix.

Ensuite se tournant du côté de
son confesseur, il lui dit, les larmes aux yeux :

— O mon père, vous qui jusqu'ici avez pris soin de mon âme,
que dois-je faire pour me rendre
agréable à mon Sauveur pendant
le peu de vie qui me reste? Aidez-
moi, je vous prie, à prendre le

moyen de me donner entièrement à Dieu, qui s'est donné tout à moi.

Ce père à qui il avait plusieurs fois témoigné le dessein qu'il avait d'entrer dans la compagnie, comprît ce qu'il voulait dire, et vit bien qu'il demandait qu'on l'y reçût, et qu'on lui permît avant sa mort de faire ses vœux.

C'est pourquoi il lui promit de s'employer à lui obtenir cette grâce.

Il alla donc trouver le R. P. Vitelleschi, alors général, lequel, connaissant la sainteté d'Ubaldin, accorda à ce père tout ce qu'il demanda.

On ne peut exprimer la joie qu'Ubaldin témoigna quand il reçut cette heureuse nouvelle.

La manière dont il s'était comporté pour faire ce choix de vie, avait bien montré qu'il était conduit par le Saint-Esprit; car quel qu'inclination qu'il sentît pour entrer chez les Jésuites, dans l'espérance de travailler à la conversion des infidèles, il ne voulut cependant rien conclure sans avoir auparavant pris toutes les mesures dont la prudence chrétienne veut que l'on se serve dans ces occasions.

Il fit plusieurs confessions et communions à cette fin.

Il redoubla ses aumônes, et donna plus de temps à la prière, soit vocale, soit mentale, pour demander les lumières qui lui fissent connaître sa vocation.

Il se servait pour cela de ces paroles du prophète qu'il répétait souvent :

Domine, doce me facere voluntatem tuam, quia Deus meus es tu.

Il se proposa toutes sortes d'états, le monde, l'église et la religion.

Il examina sérieusement les avantages et les dangers qui se rencontrent en chaque condition.

Mais comme il craignait de se tromper en prenant ses inclinations naturelles pour des inspirations du Saint-Esprit, il ne voulut pas s'en rapporter à lui-même ; c'est pourquoi il consulta plusieurs personnes éclairées et désintéressées, à qui il découvrit entièrement quels étaient ses passions et ses penchants, à quel genre de vie il cro-

yait que Dieu l'appelait, quel motif portait plutôt à un état qu'à
l'autre, afin qu'ils pussent juger,
selon Dieu, de ce qu'il était obligé
de faire.

Ce fut après toutes ces précau-
tions qu'il résolut enfin de sedé
vouer à Dieu dans la compagnie de
Jésus ; et ce sont celles que doivent
prendre tous ceux qui veulent faire
un choix de vie dont ils n'aient jamais sujet de se repentir.

Unbaldin ayant donc obtenu la
permission de se consacrer à Dieu
dans la religion, passa le reste du

jour et la nuit suivante à se préparer à ce sacrifice qu'il avait souhaité de faire depuis si long-temps.

Le lendemain, 7 juillet, son
mal augmentant toujours, on lui
apporta le saint Viatique et avant
de le recevoir, il prononça la for-
mule des vœux avec tant de dévotion, que ceux qui étaient présents
ne purent retenir leurs larmes.

Après avoir employé quelque
temps à remercier Jésus-Christ de
ce qu'il avait bien voulu se donner
encore à lui et accepter le sacrifice
qu'il venait de lui faire, il se tour-

na du côté de son confesseur, en lui disant :

« Ah ! mon père, combien vous suis-je redevable, de m'avoir obtenu le bonheur dont je jouis maintenant, d'être enfant de saint Ignace !

» C'est ce qui me console, sur le point d'aller rendre compte de toute ma vie au souverain juge.

» Quelque terrible que soit sa justice, j'espère en sa miséricorde.

» Priez pour moi la mère de mon Sauveur de ne pas m'abandonner dans ce dernier moment, qui doit décider de mon éternité. »

Comme le bruit s'était répandu dans tout le collége que Ubaldin était à l'extrémité, quelques pensionnaires accoururent pour le voir.

Il ne les eut pas plutôt aperçus, qu'après leur avoir demandé pardon de les avoir mal édifiés, il les fit tous fondre en pleurs.

— Souffrez que dans l'état où je suis, je vous conjure de faire réflexion à ce que vous voudriez avoir fait si vous étiez en ma place : c'est aujourd'hui pour moi, ce sera peut-être demain pour vous.

» Est-il rien plus incertain que l'avenir ?

» Vous en avez un exemple bien manifeste devant les yeux : il y a peu de jours que je me portais aussi bien que vous, et cependant me voilà sur le point d'aller paraître devant Dieu.

» Que vous aurez bien d'autres sentiments à l'heure de la mort que vous n'avez à l'heure présente !

» Considérez sérieusement les

maux auxquels on s'expose tous les jours pour un misérable plaisir.

» Vous pouvez maintenant vous préserver de ces malheurs; mais peut-être ne le pourrez-vous pas dans la suite.

» Quelle folie de hasarder sur un peut-être, une éternité toute entière !

» Recevez ces conseils comme un gage sincère de mon affection; et pour preuve de la vôtre, priez Dieu de m'accorder le don de persévérance; si je l'obtiens de sa bonté, je lui demanderai la même grâce pour vous, afin que tous ensemble nous le bénissions à jamais dans le ciel. »

Ce discours, entrecoupé de soupirs, toucha tellement tous ces pensionnaires, que plusieurs, en étant frappés, prirent sur-le-champ la résolution de travailler sérieusement à l'affaire de leur salut, et quelques-uns même, de renoncer à tout pour se consacrer à Dieu en divers ordres religieux.

Sur ces entrefaites le frère aîné d'Ubaldin arriva.

Après lui avoir témoigné la part

qu'il prenait à son mal, il le pria
de se souvenir de lui quand il serait
au ciel.

Ubaldin le lui promit, et il prit
de-là occasion de l'avertir qu'il pen-
sât à se prémunir contre les dangers
de la cour, d'autant plus funestes
qu'ils sont plus fréquents, surtout
dans un âge où l'on a coutume de
s'abandonner aux plaisirs sans son-
ger au salut; que le respect humain
et le mauvais exemple étaient les
écueils où la plupart des grands
font un triste naufrage ; que pour
s'en garantir, il n'avait qu'à consi-

dérer un peu chaque jour les sup-
plices éternels des réprouvés dans
l'enfer ; la brièveté des biens du
monde, les chagrins qui les accom-
pagnent, et les misères qui les sui-
vent ; qu'enfin il se mît bien dans
l'esprit que la seule chose qu'il eût
à faire, c'était de se sauver.

Ce furent là les dernières paroles
qu'il dit à son frère, en l'embras-
sant tendrement ; ce qui toucha si
fort ce frère affligé, qu'il se retira
fondant en larmes, sans pouvoir
proférer un seul mot. Peu après les
médecins l'ayant trouvé très-affai-

bli, jugèrent à propos de lui faire donner l'Extrême - Onction. Il se prépara à ce dernier Sacrement avec toute la dévotion possible, et répondit distinctement aux prières qui se font alors, avec une présence d'esprit qui surprenait tout le monde.

Il prit ensuite le crucifix qu'on lui présenta, et il ne le quitta plus jusqu'à la mort; il l'embrassa et le baisa avec une extrême tendresse : il avait continuellement les yeux attachés sur cet aimable objet, avec lequel il s'entretenait en des termes pleins de ferveur, qui marquaient ou sa contrition, ou sa confiance, ou sa résignation.

S'il interrompait quelquefois ces amoureux colloques avec Jésus en croix, ce n'était que pour s'adresser à la sainte Vierge, au service de laquelle il voulut se consacrer de nouveau, pour réparer, disait-il, toutes ses négligences à la servir.

C'est pourquoi, prenant en main un cierge qui était proche de son lit, il récita tout haut l'oraison qu'on a coutume de dire quand on est reçu à la Congrégation ; et l'orsqu'il en fut à ces paroles, *nec me deseras in horâ mortis*, il les répéta plusieurs fois avec un redoublement de dévotion tout particulier.

Après qu'il eut achevé, le père principal le pria de se souvenir de lui et de toute la maison.

— Oui, mon père, répondit Ubaldin, je vous le promets; il faudrait que je fusse bien ingrat, si j'oubliais des personnes à qui j'ai tant d'obligation pour ce qui regarde mon éducation et mon salut.

Je bénis le jour auquel j'ai été

reçu dans cette sainte maison, où j'ai eu tant de bons exemples, mais auxquels ma lâcheté a mal répondu; témoignez, je vous prie, à mes compagnons, que je leur en demande pardon de tout mon cœur...

Il passa la nuit à considérer le bonheur du paradis ou à s'entretenir de Dieu avec les pères qui étaient là.

Vers la pointe du jour, il se sentit plus affaibli qu'à l'ordinaire, il eut plusieurs convulsions qui firent croire qu'il allait mourir : il fut cependant dans cet état jusqu'à sept heures du soir ; alors sentant bien qu'il ne lui restait plus qu'un moment de vie , il embrassa son crucifix ; et après avoir imploré le secours de la sainte Vierge par ces paroles de l'Eglise : *Maria, Mater gratiæ, Mater misericordiæ , tu nos ab hoste protege , et horâ mortis suscipe ,* il rendit l'esprit, le 11 juillet de l'an 1629.

Il était âgé de dix-sept ans et quatre mois, d'une taille médiocre, ayant le front d'une juste grandeur, le visage assez blanc , mais un peu pâle , et tout l'extérieur bien composé.

On ne peut exprimer l'affliction que sa mort causa à tous les pensionnaires; on n'entendait partout que des gens qui, les larmes aux yeux, faisaient son éloge; quand ils furent un peu revenus de leur douleur, ils allèrent partout chercher avec soin quelque chose qui lui eût servi, tant ils avaient de vénération pour ce saint jeune homme : les uns se saisirent de son cilice, les autres de sa discipline, et ainsi du reste.

Mais le mieux partagé de tous fut un de ses intimes, qui lui ayant

demandé un peu de cette sainte
ferveur dont il était animé pendant
sa vie, se sentit tout-à-coup fortifié
d'une grâce si extraordinaire, que
les difficultés qu'il trouvait auparavant à pratiquer cretaines vertus,
s'évanouirent entièrement.

Le lendemain, le corps d'Ubaldin ayant été revêtu de la soutane
qu'on lui avait donnée en le rece-
vant dans la Compagnie, comme
on l'a dit, fut exposé dans une
grande salle, où on accourait de
tous les quartiers de la ville pour
le voir; sur les trois heures du

soir, tous les pensionnaires s'y rendirent pour y réciter l'Office des Morts.

Ce fut là que, ne pouvant plus retenir leur douleur, ils éclatèrent de nouveau en gémissements et en soupirs, d'une manière dont les assistants furent infiniment touchés. L'office étant achevé, ils l'accompagnèrent jusqu'à l'Eglise du noviciat des Jésuites, où les novices le reçurent et l'enterrèrent avec les cérémonies ordinaires.

Dieu, qui voulut récompenser l'amour que son serviteur eut toujours pour la pureté, préserva son corps de corruption; car huit mois après sa mort il fut trouvé aussi beau que le jour qu'on l'inhuma.

C'est ainsi que vécut et mourut Antoine-Marie Ubaldin, dont l'exemple doit être un puissant motif à tous les jeunes gens pour les engager à travailler de bonne heure, comme lui, à l'affaire de leur salut; car, enfin, quelles raisons pouvez-vous apporter, vous qui lisez ceci, pour vous en dispenser?

Est-ce l'âge?

Il était jeune aussi bien que vous.

Est-ce la qualité?

Il était d'une naissance distinguée dans le monde.

Sont-ce les peines que vous trouvez à pratiquer la vertu?

Il en éprouvait de pareilles; mais il les a courageusement surmontées.

Sont-ce les occasions où vous vous rencontrez.

Vous devez les éviter à son exemple, puisque avec la grâce vous le pouvez comme lui.

Au reste, les choses qu'on vous

demande ne sont pas difficiles,
puisqu'il n'y a rien dans toute sa
vie, excepté ses mortifications un
peu trop excessives, que tout le
monde ne puisse faire : la crainte
de Dieu, l'horreur du péché, l'a-
mour de la pureté, la dévotion
envers la sainte Vierge, le respect
dans les Eglises, la charité pour les
pauvres, l'obéissance aux parents
et aux maîtres, l'application à l'é-
tude, la fuite des mauvaises com-
pagnies, la considération des véri-
tés éternelles, ont été les moyens
dont Ubaldin s'est servi pour par-

venir à ce haut degré de perfection qui l'a rendu si agréable à
Dieu et qui lui a mérité une si
sainte mort. Y a-t-il en cela rien
qui soit au-dessus de vos forces?

C'est la réflexion que vous devez
faire, en vous disant souvent à
vous-mêmes ce que saint Augustin
se disait pour s'encourager à em-
brasser la vertu : *Non poteris quod
isti et istæ?* Pourquoi ne ferais-je
pas ce que tant d'autres ont fait
avant moi, et surtout celui dont je
lis maintenant la vie, qui peut et
doit servir de règle à la mienne?

TRIOMPHE DE LA FOI.

—

Les hommes qui sont aveuglés
par la passion se flattent de trouver leur satisfaction dans le crime;
mais lorsqu'ils l'ont enfin commis,
ils sont forcés de reconnaître qu'il

ne produit que des remords et des
malheurs. Ce furent là les fruits
amers que Henri II, roi d'Angleterre, recueillit de l'horrible atten-
tat dont il s'était rendu coupable
envers saint Thomas, archevêque
de Cantorbéry. Comme il n'avait
pu vaincre par aucun moyen la
fermeté inébranlable de ce prélat
qui s'opposait à ses injustes usur-
pations, après avoir invectivé contre lui, il dit un jour dans un trans-
port de colère : « Ne se trouverait-
il donc personne pour me venger
d'un prêtre qui trouble tout mon

royaume ? » Aussitôt, quatre gen-
tilshommes du palais, dans l'espoir
de se rendre agréables à leur souverain, se hâtèrent d'aller à Cantorbéry pour immoler le saint ar-
chevèque, qui reçut la mort avec
la même constance qu'il avait mon-
trée en repoussant l'injustice. Mais
à peine Henri eut-il appris cet as-
sassinat, qu'il s'abandonna à une
espèce de désespoir. Pendant trois
jours, il s'interdit l'entrée de l'é-
glise, ne voulut voir personne, et
ne prit qu'un peu de lait d'amande
pour toute nourriture. Il avait sans

cesse devant les yeux le sang inno-
cent qui venait d'être versé, et il
se reprochait continuellement, les
larmes aux yeux, l'imprudence
qu'il avait commise, en laissant
échapper le propos qui avait animé
les assassins. Pour la réparer, il
accepta, avec la plus parfaite soumission, toutes les œuvres de pénitence que les légats du Saint-Siége
lui prescrivirent ; mais le Seigneur
ne parut pas satisfait de ces répa-
rations. A son rigoureux tribunal
les souverains sont comptables des
crimes auxquels leur passions et

leur négligence peuvent donner lieu.
Aussi, quoique Henri II eût juré
sur les Evangiles qu'il n'avait ni
commandé ni permis la mort de
l'archevêque Thomas, il ne laissa
point d'être en butte aux coups les
plus sensibles que la justice divine
puisse en ce monde porter à un
prince. Ses propres enfants et leur
mère, Eléonore, se révoltèrent
contre lui. Le feu de la discorde
s'alluma de tous côtés. Plusieurs
princes semblèrent s'accorder en
même temps à lui faire la guerre ;
et il apprit que le roi d'Ecosse,

d'intelligence avec les mutins d'Angleterre, était sur le point d'envahir son royaume, où il avait déjà pénétré.

Alors Henri, pensant avec raison que ses ennemis n'étaient que les ministres de la vengeance divine, et qu'il devait principalement s'occuper à la désarmer, alla droit à Cantorbéry; et laissant son équipage hors de la ville, il se mit nu-pieds, prit pour tout vêtement une méchante tunique, et se rendit en silence à la cathédrale, près du tombeau de saint Thomas. Là, sans

4

avoir pris aucune nourriture, il
passa le reste du jour et toute la
nuit en prières, prosterné sans tapis
sur le pavé; puis, les épaules nues,
il voulut que chaque évêque qui se
trouvait présent, et les religieux
de la communauté, au nombre de
quatre-vingts, le frappassent de
verges l'un après l'autre. Des rail-
leurs insipides ne manquèrent pas
de s'égayer aux dépens du roi, mais
le retour inespéré de sa première
fortune leur ferma bientôt la bou-
che. Le lendemain même de la pénitence humiliante d'Henri, le roi

d'Ecosse fut battu. Peu de temps après, la paix se rétablit entre la France et l'Angleterre. Tous les projets des ennemis d'Henri furent déconcertés; sa famille lui demanda ses bonnes grâces, aux conditions qu'il lui plairait de prescrire. En moins de trois mois il se vit aussi puissant qu'il l'avait jamais été, et beaucoup plus tranquille.

Mais si la vengeance céleste fut désarmée par le repentir de ce prince imprudent, qui, dans un moment de colère, avait semblé désirer le crime, elle ne cessa de poursuivre

les hommes féroces à qui une vile
ambition l'avait fait commettre.
Dans le cours de trois années qui
suivirent la mort de saint Thomas,
la main de Dieu s'appesantit visi-
blement sur les quatre meurtriers.
Bourrelés par leurs remords, aussitôt qu'ils eurent commis leur for-
fait, ils n'osèrent retourner à la
cour qu'ils avaient prétendu servir.
Ils se retirèrent dans une terre écar-
tée, appartenant à l'un d'entre eux.
Le déshonneur imprimé sur leur
front n'y put être caché, et ils firent
horreur aux gens du pays. Les per-

sonnes du rang le plus commun ne voulaient ni manger avec eux, ni leur parler, et l'on jetait les restes de leurs repas aux chiens, qui n'y touchaient pas, si l'on en croit les auteurs du temps. Devenus insupportables à eux-mêmes, ils allèrent se remettre à la merci du pape, qui leur imposa pour pénitence le pèlerinage de Jérusalem. L'un d'eux, nommé Guillaume de Traci, fut attaqué à Cosenza, en Calabre, d'une horrible maladie, où les chairs lui tombèrent par lambeaux, principalement des pieds et des mains.

Il mourut dans cet état, témoignant un regret extrême de son crime, et invoquant sans cesse le nouveau martyr. Ses trois complices abordèrent en Palestine; mais ils y moururent presque aussitôt, dans les mêmes agitations de conscience. On les enterra devant la porte du temple, et on grava cette épitaphe sur leur tombeau : « Ci-gissent les malheureux qui ont martyrisé le bienheureux Thomas, archevêque de Cantorbéry. ».

FIN.

LIMOGES. — IMPRIMERIE DE BARBOU FRÈRES.